ここじゃない

4

はっきりと自覚あるものだけでなく
なんとなくぼんやりとした感覚というものが
毎日の気分を左右する
この思いはどこからくるのだろうか

今
ここにいるという感覚は確かなもの
それはわかる
そこだけに頼るとしても

人の力は大きいです
ささいなことにも励まされます
そう思うと自分もだれかを
励ますことができているのかもしれない

朝は毎日　新しい
朝の空気を吸い込むと
ふたたびやり直せるような気持ちになる

ならなくても
そういう気持ちにはなる
紫のひかりが見える
物と物のさかい目に

目の前にいつも扉がある
次の場所へ続く扉
扉から扉へ
未来はつながる
輝く扉を開ける時はうれしい

目の前にいつも扉がある
あの人と私を隔てる扉
扉は閉まったまま
私は行き場を失う
この扉は悲しく見える

扉とは何だろう
私は扉を見るが

それは本当にそこに存在するのだろうか

そしてその先に続く道
道のまわりに広がる景色
錆びた塀の下
黄色い花が咲いている
今ここにいることも奇跡だという
そうなのか

奇跡なんて
信じていたのは遠い昔
今は？

夕焼けの下を歩く時
心は甘く　淡い
変化のきざしに包まれて
忘れたい痛みを刻む

ゆれる草の穂に
ゆれる心
ひとつひとつ
一歩一歩
忘れたい痛みを刻み込む

16

青い空　白い雲
思いやりと後悔
まだ出ぬ答えを思いめぐらすような今日だった

青い雲　白い空
大声で叫びたいような
未知の空

「まぶしすぎる」

光って
まぶしすぎる

光は一瞬に
心を貫く
光は一瞬で
時間を超える
時間を必要としない

光のもとで
あなたと会おう

外から見ているだけでは
わからないことがあります

できれば　そのもののもつ良さをとらえたいと思う

芯の奥の奥に
深いところにある大事なものを
ちゃんととらえたい

誠実さとはそういうことかもしれない

「ここで　ここじゃないここを生きる」

私は今　ここにいるけど
私が見ているここは
人から見えているここではない

私は
目の前のこの場所に
別の意味と未来を見る

この場所は幾つもの景色を持つ
私たちはそれらの景色のどれかを
必ず自ら選び　生きている

私たちはどんな旅でも選べる
どの景色へも旅立てる
ここにいながら幾つもの景色を生きられる
生き方とはそういうこと
私たちの生き方を旅しよう

ここじゃない　ここで
ここじゃない　ここへ

ごめんなさいと言えることに
感謝した
その人がいなければ謝ることもできないから
やさしくなれた
恋をして初めて弱くなった

そして
その人はひどく裏切った
私を

でも本当はそうじゃない
裏切ったのじゃない
最初からその人は変ってない
どこもちっとも変ってない
私が勝手に勘違いしていただけだった

「またいつか」

もぐらの件はまたいつか

「信じる」

信じる、なんて
信じられないから生まれる言葉

疑いや不安がなければ
信じるなんて言葉は浮かんでもこないはず

言葉は
ただ素朴なポツンとしたものであるはず

「素直さ」

強さは人を励ますが
弱さも人を励ます

素直な本音は
どんな形であっても
人を励ます

自己欺瞞は
どんな形であっても
自分を滅ぼす

「自分の居場所から離れないこと」

自分の居場所から離れないこと

自分の場所からむやみに動かなければ
誰かがカシスを枝ごと採っていき
その実を煮詰めて
おいしいジャムを作ってきてくれる

「これからの行く先」

頭が冷たく割れそうになるほど
空に星が出るほど強く真剣に
これからの行く先を思った

「急に」

急に怖くなることってあるよね
でも
それは誰でもそうだから

急にとてつもなく怖くなることって
誰にもあるから
よくあることだから
あまり怖がらないで
その瞬間だけを乗り越えて

「私を支えるもの」

誰かが捨てたものが
私の探していたものだった

私に不要なものが
誰かには必要なものだった

時には
誰かをおびやかすものが
私を支え

時には
私を迷わせるものが

誰かを支える
何も
不幸と見えるものも
何も
無用なものはない

私を支えるものは
あなたが嫌うものかもしれない
だから大丈夫なんだよ

「あの人が」

あの人が
傷つかなければいいんだけどなあ
あの人に
悲しいことが
起こらなければいいんだけど

悪いことを
想像しただけで
私の心は苦しくなってしまうんだ

あの人のことを好きだけど
とてもとても大事だけど
普段は私そのことを
あまり考えないようにしているの

「淡い期待」

甘い期待はしないけど
淡い期待はしてしまう

「奇跡」

見えるところは地獄のようだが
見えないくらい小さいところで奇跡はいつも起こってる

「未来に向かって」

未来に向かって無限に
開かれていると感じられる関係

「声」
力なき声ではあるが
その時そこに希望があふれた

「あの日」

あの日
君が僕に与えたと思ってるものを
あの日
実は僕は受け取らなかったんだ

だから
安心して

「永遠に」

永遠に
と
あの人が言う
永遠なんてバカみたい
と
私はもう涙声

「思い違い」

あれ
この人ってもしかしたらいい人じゃないのかも
と思うことがある

そして時には
どんな人でも悩みは同じなんだなあ
とも思う

人を避けたくなったり
親しみを感じたり
人をたやすく思い違いするのは
人が人の心を感じ取りやすいから

それだけのこと

夕方
雨が上がって、夕焼けが見える
虫の声
冷たい心
どうやって乗り切ろう

この人は何を言っているのか
清らかさの中の中の
豆粒のような真実
その奥の欺瞞
その奥の無邪気さ
そして無心
お互いの無心の場所で向かいあえるかどうか

つかまえる
サッと
何を？

青いしずくがひとつ
空から海へと落ちた
長い風
ひとすじ
まとまる思い

自分は特別だと思いたい心が
いけなかったのだろう

ここじゃない
どこか
ではなく
ここじゃない
ここへ

れづれノート㉓

づれノート㉒

ノート㉑

がいい？

づれノート⑱

れづれノート⑰

ノート⑯

言葉集

始まり　つれづれノート⑮』は、
す）

「ばらとおむつ」

むつ」

〈詩集〉

足にハチミツをかける犬の詩集

詩集　風は君に属するか

詩集　すみわたる夜空のような

ほか

〈写真詩集〉

詩集　私を支えるもの

詩集　夏の森

この世の花

自選詩集　僕が守る

詩集　エイプリル

君のそばで会おう

ほか

【単行本】

ひかりのいと　朗読のための自選詩集

力をぬいて

ほか

……書籍　……電子書籍（すべて2020年11月末時点の情報です）

作品集

【文庫】

〈つれづれノート〉

1日1個、川原にパンを拾いに行く。 つれづれノート㊳

過去のすべては今の中にある つれづれノート㊲

内側に耳を澄ます つれづれノート㊱

出店にトライ！ つれづれノート㉟

秘密の花園作り つれづれノート㉞

空へブーンと。 つれづれノート㉝

ぷかぷか浮かびとこれから つれづれノート㉜

心をまっさらに、さらし期 つれづれノート㉛

海外旅行熱、急上昇して急降下 つれづれノート㉚

土から芽がでて風がそよそよ つれづれノート㉙

運動の半年 つれづれノート㉘

石とまるまる つれづれノート㉗

草の穂をゆらす つれづれノート㉖

ひとり、風に吹かれるように つれづれノート㉕

自分の心も好きになりたい つれづれノート㉔

自分の体を好きになり

自由さは人を自由にす

しゅるーんとした花影

相似と選択 つれづれノー

出航だよ つれづれノート

今日、カレーとシチュー

きれいな水のつめたい

決めないことに決めた

今を生きやすく つれづ

＊『つれづれノート』～『第3
在庫僅少。（すべて電子書

〈エッセイ〉

バルセロナ・パリ母娘

古都トコトコ記・断食

衝動家族 「ばらとおむ

しげちゃん田んぼに立

セドナへのスピリチュ

珊瑚の島で千鳥足 続

子どもとの暮らしと会

ばらとおむつ

ほか

銀色夏生の本
詩集　私を支えるもの
角川文庫
発行　株式会社 KADOKAWA
〒102-8177 東京都千代田区富士見 2-13-3　tel. 0570-002-301［ナビダイヤル］

この別れは特別につらいです
素直になることを教えてくれた人だからです

素直である状態とはどういう状態か
ということを
教えてくれた人だからです

別れを悲しむ人を見ると悲しくなって腹が立つ
だったらなぜ
一緒にいた時に
その奇跡に感謝しなかったのか

人が人と出会える奇跡
それを日々
感じることができるなら
日々
大事に生きるはずで
そうしていたら思い残すことはないはず

会えなくなってから悲しむより
会えているあいだに感謝し
奇跡を喜べ

この限られた
生を全うすること
充分に味わうこと
活かすこと

そのためにはどうするべきか
それを考え
その考えのもとで生きている

無意識でもその考えのもとに生きていない人と
一緒にいることは1秒でも時間が惜しい
1秒でも苦しい

そうか
これは
暗号であり
秘密の文書であり
届くかわからないけど
大事なことづけで

あなたに
届けばいいが

届かなければ
それでもいいと
思えるほどに
心を砕いた

真実なのだ

どの時でも真剣な人が好き

青空を見上げたら
すごい

青い

空をしばらく見てなかった
空をしばらく
見てなかったことに気づかされた

いいなあ
と
あなたにあこがれる
これは素直な気持ち

恥ずかしくて
とても言えないけど

生きてるあいだはたぶん
あなたに
言えないけど

君を
思い出す

僕を
思い出すだろうか

あの頃を
あの時を
あれらの日々を

あの時代
あの失敗の日々
幼さと未熟さ

それらをすべて含めてなお
あまりあった輝きを

笑って
もう
笑って
もう
いいから
ただ
笑って

愛しさを
悲しさを

ああ　という
感嘆

愛という言葉は誤訳だ
それは
愛ではない
愛などという
奇妙な言葉なんかではない
僕らは別の言葉を持っている

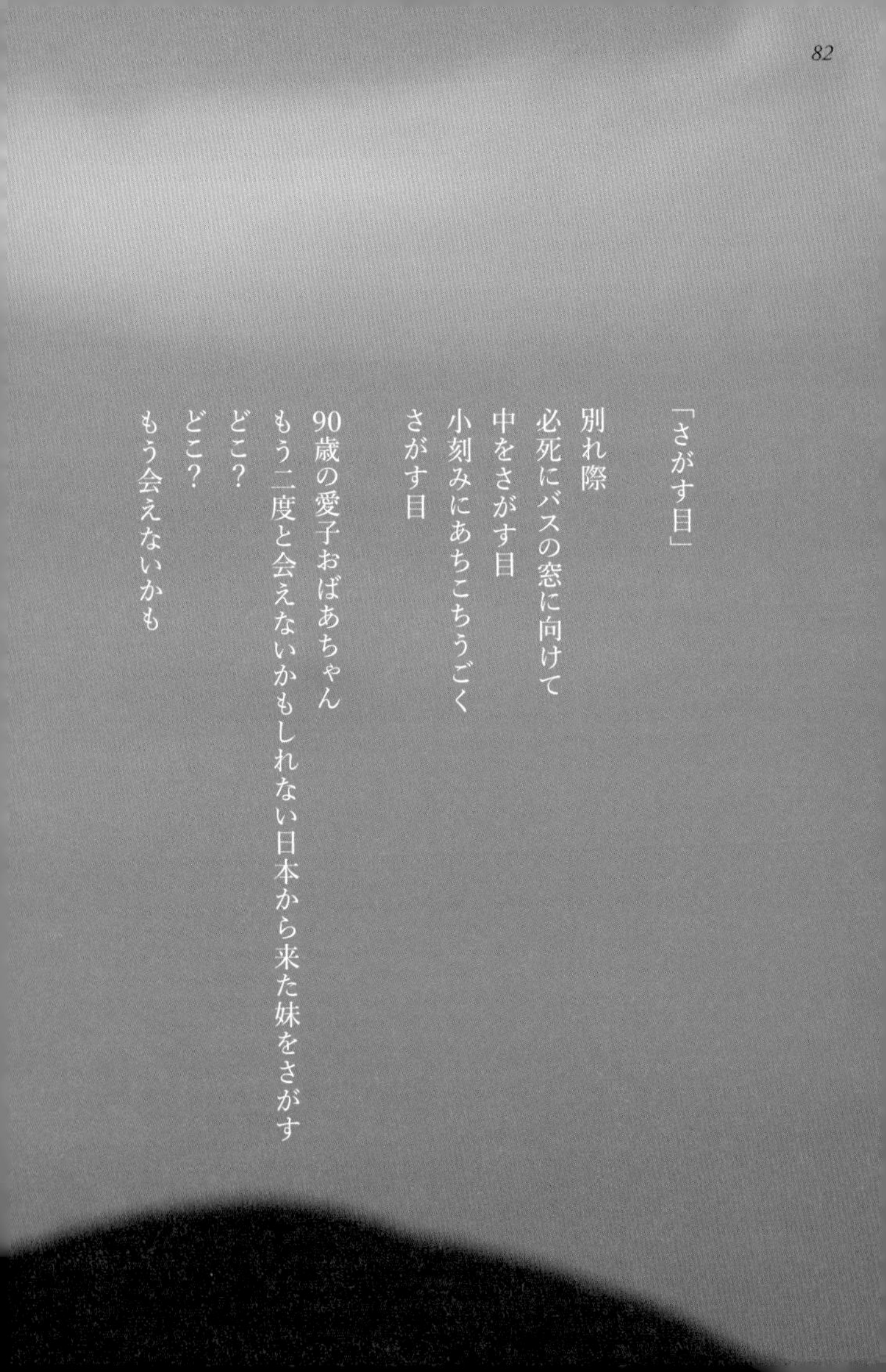

「さがす目」

別れ際
必死にバスの窓に向けて
中をさがす目
小刻みにあちこちうごく
さがす目

90歳の愛子おばあちゃん
もう二度と会えないかもしれない日本から来た妹をさがす
どこ？
どこ？
もう会えないかも

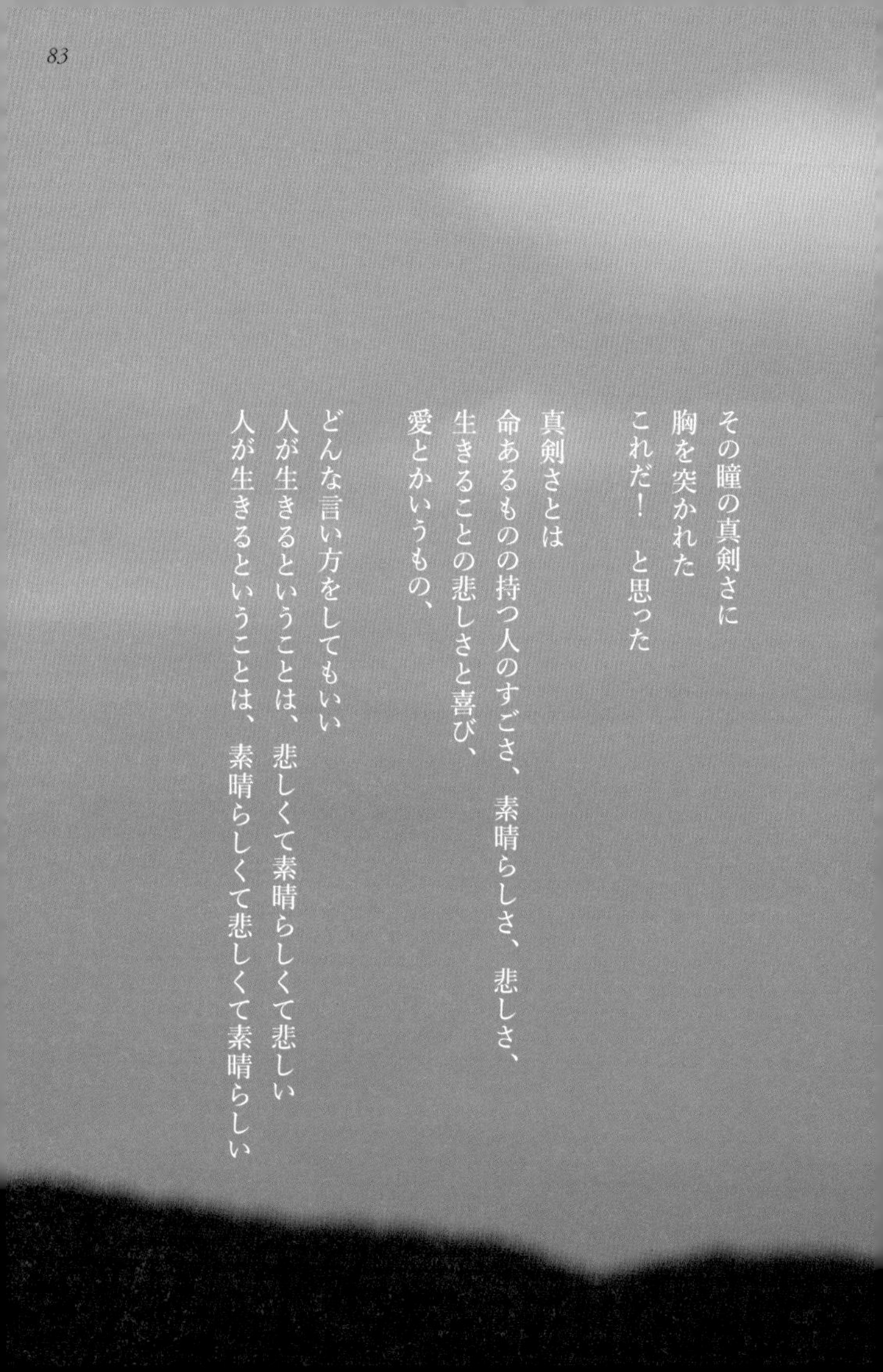

その瞳の真剣さに
胸を突かれた
これだ！　と思った

真剣さとは
命あるものの持つ人のすごさ、素晴らしさ、悲しさ、
生きることの悲しさと喜び、
愛とかいうもの、

どんな言い方をしてもいい
人が生きるということは、悲しくて素晴らしくて悲しい
人が生きるということは、素晴らしくて悲しくて素晴らしい

「人の言葉で」

私がいつも思っていたことを
他人の口から聞きたかった

人の言葉で同じことを聞きたいと願う

そうすれば確かめられる
安心できる

人の中に見いだす素晴らしさは
自分の中に不確かな状態であったもの
人の言葉経由で慰められる自分の気持ち
人経由でなぐさめられる自分
だから人は人が必要なのだ

きゅーっとわかった
わかるというのは
そこから離れた時

離れると全体像がよく見える
全体の形が見える
ああ　かつての私はなんてバカだった
そしてかわいかった

かわいさ　バカさが
人間の持つよさではないか
そうならばどうしよう
バカを繰りかえすしかない
でもバカなことをして後悔するのは自分だ
そのバカさ加減をかわいく思えるのが　貴重だと思えるのが
何年もたってからなら

だったら私はどうしよう

バカをするか
バカをしないか
すると後悔するけどやがては満足するのだとしたら

むずかしい　生きることはむずかしい
でも簡単だ　生きることは簡単だ

なぜなら
だれもがバカだから

そうだよね
人の言うことを気にすることないんだよね

綿菓子のような雲が飛ぶ
ここから明日を祈りたい
まだ見ぬ人を思い出すように
知っていた人を忘れるように

自由はどこにありますか
自由はどこにありましたか
私はどこにいるのでしょう
あなたはどこにいましたか

胸の
痛いところはどこですか

胸が痛むということは
そこに大事なものがあるということ
そこに解決すべき問題があるということ
そこに希望があるということ

脱皮する
変革する
これまでを脱ぎ去れる
可能性があるということ

怒りにまかせて人を愛そうとしても
怒りを忘れるために人を愛そうとしても
心は冷めていくばかり

捕まえて
捕らえた
ひらり
白いもの

愛がなくては
愛があれば
愛が大事
なんて誰が言ったのか
愛という言葉は
誤訳だ

私を支えるものを
私が忘れる時
私は自由になる

私が支えたものを
私が忘れる時
私は解放される

怒りにはいくつもの種類がある
濁った怒りがある
澄んだ怒りもある

澄んだ怒りが私をここまで連れてきた
澄んだ怒りが私を成長させた
澄んだ怒りが私に誇りを教えた

話しながらいつも途中で言いよどんでしまうのは
ある考えに行き着いて
ガクッと虚しくなるから
力を失くしてしまうから

結局
何を話してもいつも同じ言葉にたどり着く

人、それぞれ
人、それぞれ

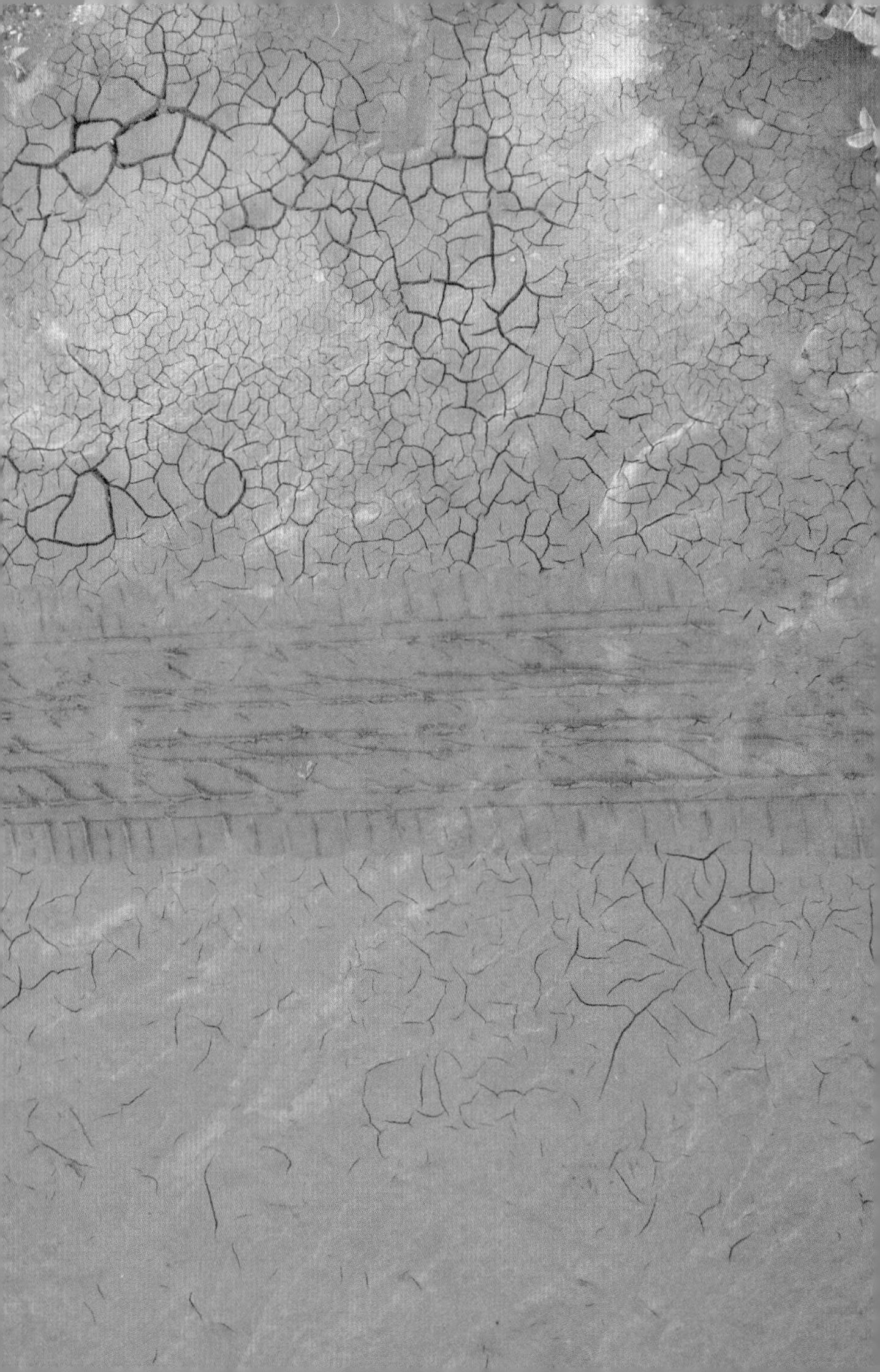

聞きたかったけど
いつの時も
波音は
聞こえなかった

わかりやすく別れを
告げられたらいいけど
不器用な僕は
下手な言い訳をして
結局ドツボに嵌るのだ

この場合の不器用とはなにか
不器用とは
あれこれ考えてしまうこと
余計な気を使い
かえって
真意から遠ざかる

そうなのだ
素直がいちばんだとわかってる
けど
素直になるには勇気がいるんだよ

費用対効果、という観点から見れば
もちろん割に合わない

費用対効果、という言葉は
ある意味
どうなんだろう

費用対効果、の費用とは何?
効果って何?
それは曖昧ではないか
それが意味するところは人によって違う
ならば、
費用対効果って、それだけじゃ意味ないね

なにごともうまくいくコツは
むずかしく考えないこと

思いつめていた
けど
知られたくなかった
なので
黙っていた
それがどう作用するか
わかるのはこれから

「喪失」

大事な思い出があったので　その知らせには驚いた

失うことを

受け止めなければ

「未来において」

振り返った時にわかる
あまりある幸福が
今、ここにあるという
あまりある幸福を
今、ここで思い出せ

きれいな黄緑色がぼんやりみえる

震えた心

なにがあろうと
あの時の気持ちは
忘れない
子どもだと笑うな
バカにするな

僕は忘れていない

忘れないことが強さです

疑い
怖く思うことがある
もう信じられる人は
いないんじゃないかとさえ思う

怖い
なにが怖いのかわからないくらい怖い

でも希望を抱くときもある
恐怖と不安が交互にやってきて
あっちにぶつかり
こっちにぶつかり
川に落ちた葉っぱのようにゆらゆらと
波まかせ

力を失くしたそんな時
薄く目を開けたら
光が見えた
綿毛のようなか細い光が見えた

光の方へ人は吸い寄せられていく

この光が
悪いものではありませんように
この光が私たちをだますものだとしたら悲しい
この光が悪いものではありませんように

光はそんなものじゃないはず
ひかりは

人の弱さを
私は好きです
私は変わってると言われるが

大切なことは
簡単に言わない
言わなくても
わかる人はいる

「星をささげる」

流星群が来るというから
夜の10時に庭に出て暗いところを探して夜空を見上げた
南斗六星というのはよく見えたけど
流れ星はひとつも見えなかった

しばらく眺めていたけど
やがてあきらめた

流星群が来るというから庭に出た自分が
なんとなく
おかしくてかわいかった

大事なものは
流れの中でも
止まってるように見えるもの

詩《し》集《しゅう》　私《わたし》を支《ささ》えるもの

銀《ぎん》色《いろ》夏《なつ》生《を》

令和２年 11月25日　初版発行

発行者●青柳昌行

発行●株式会社KADOKAWA
〒102-8177　東京都千代田区富士見2-13-3
電話　0570-002-301（ナビダイヤル）

角川文庫 22415

印刷所●株式会社暁印刷
製本所●株式会社ビルディング・ブックセンター

表紙画●和田三造

●お問い合わせ
https://www.kadokawa.co.jp/（「お問い合わせ」へお進みください）
※内容によっては、お答えできない場合があります。
※サポートは日本国内のみとさせていただきます。
※Japanese text only

ISBN 978-4-04-109971-1　C0192

星は見えた
流れ星は見えなかった

なんで流れ星を見たいと思ったんだろう
よく考えたら不思議だ
煽られただけかもしれない

どっちでもいいか

流れ星は
ただ
見えなかった

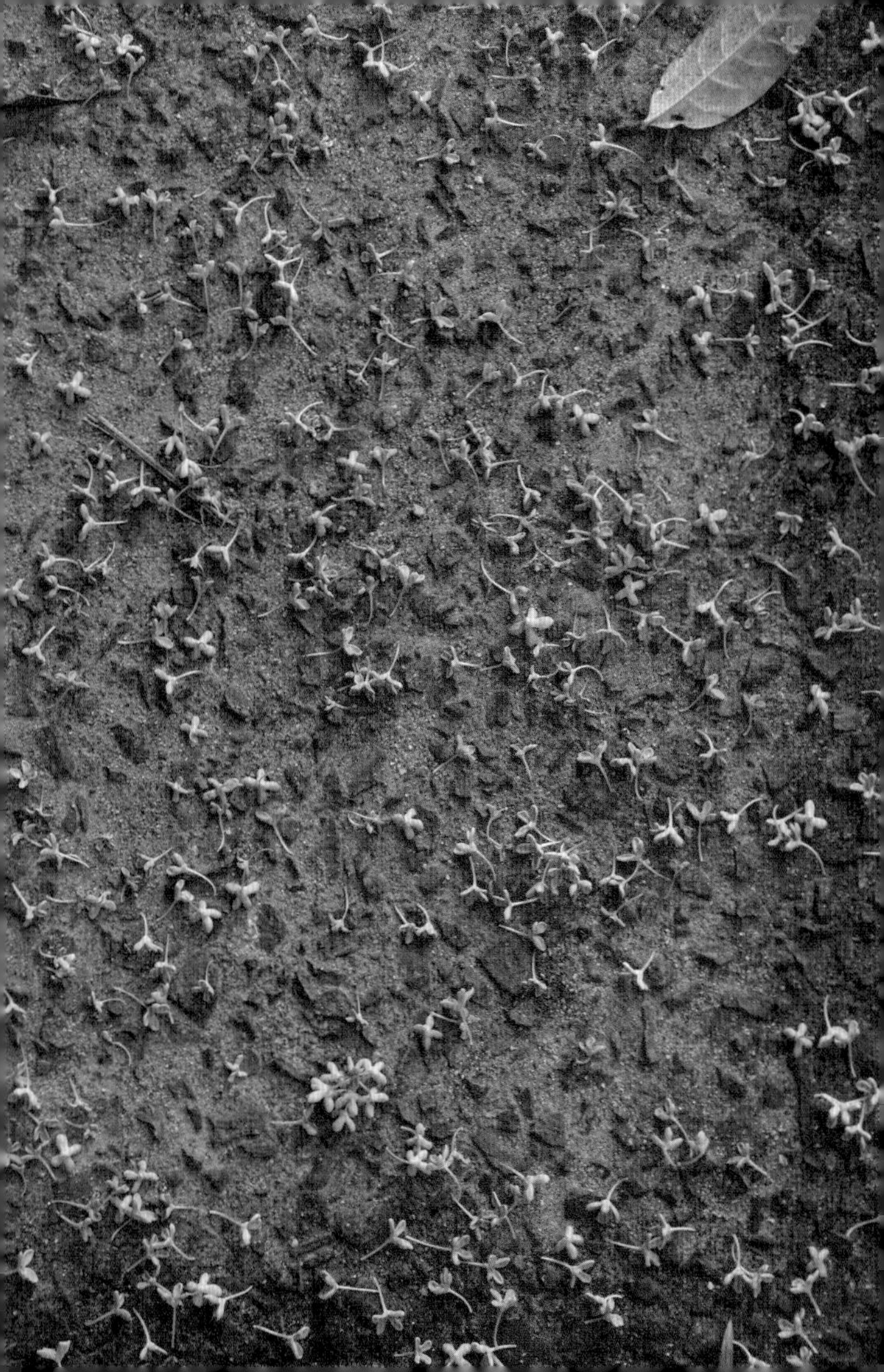

誰も
人の心を変えさせることはできない
その人が自ら変えたいと思わなければ
最後は祈ることしかないのかもしれない
ただ無心に

誰も人の心を変えさせることはできない
だとしたら僕らに
できることはなんだろう

「寂しいあなたへ」

寂しいと言うあなたへ手紙を書かなくてはと思ったの
寂しいなんて今まで
言ったことのないあなただから

寂しいなんて言わないでよ
それは違うわ
寂しさじゃない
強さよ